Primera edición en inglés: 1987
Primera edición en español: 1994

Coordinador de la colección: Daniel Goldin
Versión de Francisco Segovia

Título original: *The Smelly Book*
© 1987, Babette Cole
Publicado por Jonathan Cape Children's Books, Londres
ISBN 0-224-02486-8

D.R. © 1994, Fondo de Cultura Económica, S.A. de C.V.
Carr. Picacho Ajusco 227; México, 14200, D.F.

ISBN 968-16-4559-6

Impreso en México. Impresora Donneco Internacional, S.A. de C.V.,
Reynosa, Tamps. Tiraje 7000 ejemplares.

EL LIBRO
APESTOSO

Babette Cole

A Benji Big Boots,
el perro más apestoso del mundo

EL LIBRO
APESTOSO

Babette Cole

LOS ESPECIALES DE
A la orilla del viento

FONDO DE CULTURA ECONÓMICA
MÉXICO

¿Has pensado cuántas cosas

son de veras apestosas?

En los botes
y en las bolsas

hay basuras
asquerosas.

Olor a col

y a pescado

y olor a queso pasado

para un fétido estofado.

Las moscas tienen buen tino:
       les gusta el pay
              de cochino.

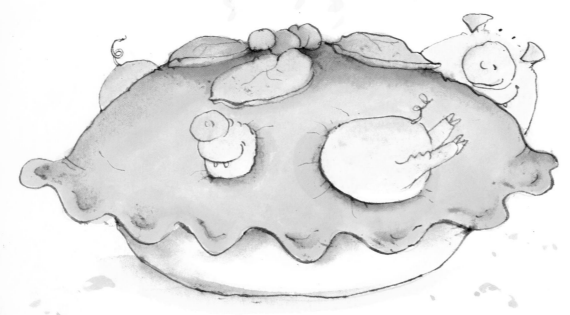

Huele el camello
a pipí,

huele a popó
el jabalí.

Salto como un cervatillo

cuando me encuentro un zorrillo.

Hieden cerdos

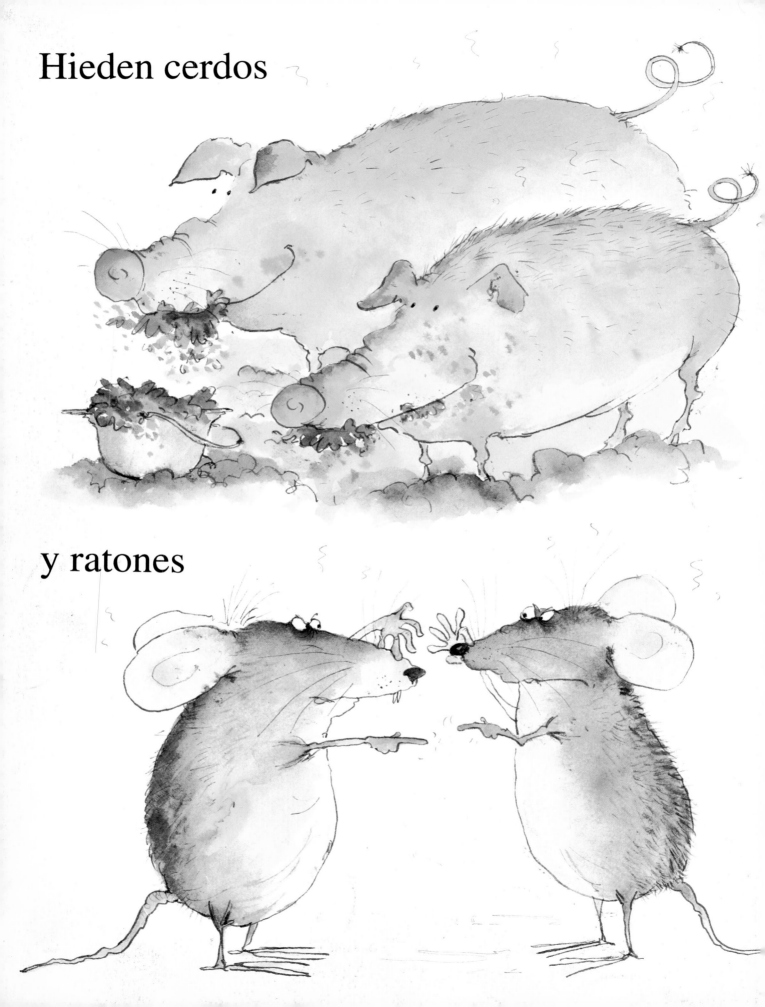

y ratones

como hieden los hurones.

El arado y el tractor
también producen su olor.
Y nunca falta un granjero
que te use de basurero.

Los charcos
no son
muy hondos

pero
suelen ser
hediondos.

¿Lo más fétido
del mundo?

Un calcetín
nauseabundo.

A mi papá le huelen los pies.
Y a mi pobre mamá
—como ves—
la vuelve loca
su fetidez.

Por la mugre calavera
mi tía perdió el color;

pero unas sales de olor
la dejaron como nueva.

Se revuelca nuestra perra

en la hediondez
de la tierra.

Si por el caño me fuera,

no habría amigo que me oliera.

Los bebés
son más chillones
si les huelen
los calzones;

y no existe
un vagabundo
que no tenga un tufo
inmundo.

Juegan sucio los traviesos

porque hay adultos muy tiesos.

Dijo el profe: "Huele feo...
¿Quién puso esto en mi sombrero?"

¿Quién, con intención tan cínica,
arrojó ese huevo pútrido
    contra el maestro de química?

Hizo mal quien haya echado

la bomba fétida en clase;
por eso hubo que quedarse

en el salón castigados.

Lo bueno es que nadie vio

¡que esa maldad la hice yo!